시티
픽션

파리

옮긴이 이규현

서울대 불문학과와 같은 대학원을 졸업하고 프랑스 부르고뉴 대학에서 철학 D. E. A. 과정을 수료했다. 서울대학교, 덕성여자대학교, 가톨릭대학교 등에서 강의했다. 지은 책으로 『미셸 푸코, 말과 사물』 『검은, 그러나 어둡지 않은 아프리카』(공저)가 있고, 옮긴 책으로 『기호의 정치경제학 비판』 『헤르메스』 『알코올』 『카뮈를 추억하며』 『광기의 역사』 『유럽의 탄생』 『성의 역사 1: 지식의 의지』 『삼총사』 『말과 사물』 『들짐승들의 투표를 기다리며』 등이 있다.

시티 픽션: 파리

초판 1쇄 발행 / 2023년 10월 16일

지은이 / 기 드 모파상 외
옮긴이 / 이규현
펴낸이 / 염종선
책임편집 / 한예진 양재화
조판 / 신혜원
펴낸곳 / (주)창비
등록 / 1986년 8월 5일 제85호
주소 / 10881 경기도 파주시 회동길 184
전화 / 031-955-3333
팩시밀리 / 영업 031-955-3399 편집 031-955-3400
홈페이지 / www.changbi.com
전자우편 / lit@changbi.com

한국어판 ⓒ (주)창비 2023
ISBN 978-89-364-3936-1 04860
ISBN 978-89-364-3932-3 04800 (세트)

시티
픽션

───────

파리

기 드 모파상   드니 디드로

이규현 옮김

창비

차례

기 드 모파상

드니 디드로

일러두기

1. 여기 실린 단편들은 창비세계문학 단편선 『이것은 소설이 아니
   다』(2010)에서 가져왔다. 외국어의 표기는 국립국어원 용례를 따
   랐다.
2. 본문 중의 각주는 옮긴이의 것이다.

기 드 모파상 **Guy de Maupassant**

밤: 악몽 La nuit

나는 밤을 열렬히 사랑한다. 사람들이 조국과 애인을 사랑하듯 나는 본능적이고 물리칠 수 없는 깊은 애정으로 밤을 사랑한다. 내 모든 감각으로, 밤을 보는 내 눈으로, 밤을 호흡하는 내 후각으로, 밤의 정적을 듣는 내 귀로, 어둠이 어루만지는 내 살갗 전체로 밤을 사랑한다. 종달새들은 햇볕 속에서, 파란 하늘에서, 따뜻한 대기에서, 맑은 아침나절의 가벼운 공기 속에서 노래한다. 부엉이는 어둠 속에서 시커먼 공간을 가로질러 지나가는 검은 점이 되어 빠르게 멀어지고, 캄캄한 무한공간에 도취되어 기뻐하면서, 을씨년스럽게 떨리는 울음소리를 낸다.

　낮은 나를 피곤하고 지루하게 한다. 낮은 거칠

고 떠들썩하다. 나는 아침에 아주 힘들게 일어나고, 맥없이 옷을 입으며, 마지못해 밖으로 나가는데, 일단 밖으로 나오기라도 하면 마치 무거운 짐을 들어올리기라도 하는 듯이 어떤 발걸음이나 움직임에도, 몸짓에도, 말이나 생각에도 금세 피곤해진다.

하지만 해가 기울면, 막연한 기쁨, 내 몸 전체의 기쁨이 내게 밀려든다. 나는 깨어난다. 쾌활해진다. 어둠이 짙어감에 따라, 나 자신이 전혀 다르게, 더 젊게, 더 강하게, 더 활기차게, 더 행복하게 느껴진다. 나는 하늘에 넓고 부드러운 어둠이 드리워 점차 짙어지는 것을 바라본다. 어둠은 도시를 뒤덮고, 파악할 수도 헤아릴 수도 없는 물결처럼 색깔들을 감추고 지우고 소멸시키며, 느낄 수 없는 터치로 집들, 존재하는 것들, 기념물들을 껴안는다.

그러면 나는 올빼미처럼 기쁨의 함성을 지르고 고양이처럼 지붕 위에서 이리저리 뛰어다니고 싶어지고, 내 혈관 속에서는 거역할 수 없이 맹렬한 사랑의 욕망이 깨어난다.

나는 어떤 때는 어두워진 교외로, 또 어떤 때는 나의 자매인 짐승들과 나의 형제인 밀렵꾼들이 어슬렁거리는 파리 인근의 숲으로 가서 걸어다닌다.

누구나 격렬하게 사랑하는 대상에 의해 결국 죽임을 당하는 법이다. 하지만 내게 일어나는 일을 어떻게 설명할 수 있을까? 하물며 왜 내가 그것을 이야기하려 하는지를 어떻게 이해시킬 수 있을까? 모르겠다. 더이상은 모르겠다. 다만 그것이 무엇인지는 알고 있다—자, 시작하겠다.

그러니까 어제—어제였을까?—그래, 아마도, 그 전이 아닌 한, 요전 어느날, 다른 달, 다른 해가 아닌 한—모르겠다. 그렇지만 아직 날이 새지 않았으니까, 해가 다시 떠오르지 않았으니까 틀림없이 어제일 것이다. 하지만 언제부터 밤이 지속되고 있는 것일까? 언제부터? 누가 이걸 말해줄 것인가? 누가 알게 될 것인가?

그러니까 어제, 나는 여느 저녁때처럼 식사를 마치고 외출했다. 무척이나 온화하고 따뜻한, 좋은 날씨였다. 큰길 쪽으로 내려가면서 별들로 가득한

검은 강을 올려다보았는데, 이 별들의 강물, 별들이 떠도는 이 시냇물은 하늘에서 거리의 지붕들에 의해 그 윤곽이 뚜렷이 드러났고, 구불구불한 거리 때문에 진짜 하천인 듯 일렁였다.

별자리에서부터 가스등 불빛까지 모든 것이 환했다. 저 높은 하늘과 도시에 불빛들이 몹시 반짝였고, 그래서 어둠이 이미 내려앉았지만 사방이 밝아 보였다. 빛나는 밤은 해가 중천에 뜬 대낮보다 더 유쾌하다.

큰길가에는 카페들이 휘황하게 번쩍거렸고, 웃는 사람들과 지나가는 사람들, 그리고 술 마시는 사람들로 북적댔다. 나는 잠시 극장으로 들어갔다. 어떤 극장이더라? 더이상 생각나지 않는다. 그곳은 너무 환해서 마음이 울적했다. 황금빛 발코니로 쏟아지는 그 잔인한 빛의 충격, 부자연스럽게 반짝거리는 거대한 수정 샹들리에, 풋라이트가 비치는 등불 울타리, 눈에 거슬리는 그 침울한 모조 광채 때문에 기분이 우울해져 다시 밖으로 나왔다. 샹젤리제에 이르렀는데, 그곳의 카페콩세르'들은 잎이 무

12

성한 나무들 사이에서 마치 화재의 발화점 같았다. 마로니에들은 노란 불빛을 받아 채색된 것처럼 보였고, 야광 나무 같았다. 또한 희미하게 빛나는 달 같은, 하늘에서 떨어진 달 모양의 달걀 같은, 괴상하고 생기 넘치는 진주 같은 전구들이 신비롭고 호화로운 나전螺鈿 빛깔로 반짝거려서 가스등, 보기 흉하고 더러운 가스등의 보호망, 화환 모양의 채색 유리잔 들이 희미해졌다.

개선문에서 걸음을 멈춰 불빛이 총총한 큰길, 두줄로 늘어선 등불 사이로 파리를 향해 뻗어 있는 길고 감탄할 만큼 빛나는 큰길과 별들을 번갈아 바라보았다! 저 높이 떠 있는 별들, 무한한 공간에 아무렇게나 뿌려져 기묘한 모양을 이루고 있으며 수많은 몽상과 꿈을 불러일으키는 미지의 별들.

불로뉴 숲속으로 들어가서 오랫동안, 오랫동안 머물렀다. 기이한 전율, 뜻밖의 강렬한 감동, 광기와 맞닿은 격앙된 사유가 엄습해왔던 것이다.

ㅣ 식사나 음료를 들면서 음악과 쇼를 즐길 수 있는 곳.

오랫동안, 오랫동안 걸었다. 그러고 나서 돌아왔다.

개선문 아래로 지나갔을 때가 몇시였을까? 모르겠다. 도시는 잠들어 있었고, 하늘에는 구름, 검은 뭉게구름이 서서히 퍼져나갔다.

난생처음으로 기이하고 새로운 일이 벌어질 것만 같은 느낌이었다. 날씨가 춥고 대기가 짙어지며 밤이, 내가 가장 사랑하는 이 밤이 가슴을 무겁게 누르는 듯했다. 이제 큰길에는 인적이 드물었다. 다만 경찰 두명이 삯마차 정류장 근처에서 순찰을 돌고 있었고, 꺼져가는 듯 보이던 가스등들이 희미하게 비추는 차도에서는 야채 마차들이 한줄로 늘어서서 중앙시장으로 가고 있었다. 당근과 무와 배추를 실은 마차들이 천천히 움직이고 있었다. 마부들은 눈에 띄지 않게 졸고 있었으며, 말들은 나무 바닥이 깔린 길 위에서 앞 마차를 일정한 보조로 소리 없이 뒤따랐다. 보도의 불빛 앞을 지날 때마다, 당근 마차는 붉게, 무 마차는 희게, 배추 마차는 푸르게 훤히 드러났고, 불길처럼 붉고 은화처럼 희며 에메랄드처럼 푸른 이 마차들이 차례로 지나갔다. 나는 이 마차들을 뒤따라갔고, 그런 뒤에 루아얄가로 방향을 틀어 큰길 쪽으로 돌아왔다. 이제는 아무도 없었고 불 밝힌 카페도 없었다. 다만 늦게 귀가하는 행인 몇몇이 걸음을 재촉하고 있을 뿐이었다. 파리가 이토록 생기 없고 황량한 곳인 줄은 정말 몰랐다. 회중시계를 꺼냈다. 두시였다.

어떤 힘이 나를 떠밀었는데, 그것은 걷고 싶다는 욕망이었다. 그래서 바스티유까지 갔다. 거기에서, 그토록 어두운 밤은 한번도 본 적이 없다는 사실을 문득 깨달았다. 실제로 바스티유 광장의 혁명 기념탑조차 알아볼 수가 없었는데, 꼭대기의 황금 입상은 칠흑 같은 어둠속으로 자취를 감추었다. 무한한 공간처럼 넓고 짙은 구름의 궁륭이 별들을 감싸고는 대지를 덮어버릴 듯 낮아졌다.

나는 돌아왔다. 이제 내 주위에는 아무도 없었다. 샤토도 광장에서 한 술꾼이 내게 부딪칠 뻔하고는 사라졌다. 그의 비틀거리는 발소리가 얼마 동안 울려왔다. 나는 계속 걸었다. 몽마르트르 교외의 언덕에서 삯마차 한대가 센강 쪽으로 내려갔다. 나는 마차를 불렀다. 마부는 대답하지 않았다. 드루오가 부근에서 한 여자가 배회하고 있었다. "아저씨, 잠깐만요." 나는 그 여자가 뻗는 손을 피하기 위해 걸음을 재촉했다. 더이상 아무런 일도 없었다. 보드빌 극장 앞에서 한 넝마주이가 개울을 뒤지고 있었다. 그의 작은 등불이 바닥에 닿을 듯이 흔들렸다. 내가 그에게 물었다. "여보게 몇신가?"

그가 투덜댔다. "내가 어찌 알겠소! 시계가 없소."

그때 불현듯 가스등이 꺼져 있다는 것을 알아차렸다. 이 시절에는 절약하기 위해 날이 밝기 전에 가스등을 끈다는 사실을 알고 있지만, 날이 새려면 한참 멀었던 것이다!

나는 생각했다. '중앙시장으로 가자. 적어도 거기라면 활기가 있을 거야.'

다시 걷기 시작했지만, 역시나 나를 안내할 사람을 만나지 못했다. 거리들을 하나하나 확인하고 셈하면서, 누구나 숲속으로 들어가면 그렇게 하듯

이, 천천히 나아갔다.

크레디 리오네 은행 앞에서 개 한마리가 으르렁거렸다. 나는 그라몽가 쪽으로 접어들고는 길을 잃고 방황하다가 철책으로 둘러싸인 증권거래소를 알아보았다. 파리 전체가 소름끼치는 깊은 잠에 빠져 있었다. 그런데 멀리서 삯마차 한대가 지나갔다. 단 한대의 삯마차였다. 어쩌면 조금 전에 내 앞으로 지나간 그 삯마차였을 것이다. 나는 이 삯마차를 만나기 위해, 황량하고 컴컴한, 컴컴한, 죽음처럼 컴컴한 거리들을 가로질러, 바퀴 소리가 나는 곳으로 갔다.

다시 길을 잃었다. 여기가 어디지? 가스등을 이렇게 일찍 꺼버리다니, 정말 미친 짓이야! 행인도, 귀가가 늦은 사람도, 부랑자도, 발정 나서 야옹거리는 고양이도 보이지 않아. 아무것도 없구나.

경찰들은 도대체 어디 있지? 나는 속으로 중얼거렸다. '고함쳐야겠어. 그러면 경찰들이 올 거야.' 고함을 내질렀다. 아무도 대답하지 않았다.

더 큰 소리로 불렀다. 내 목소리는 메아리 없이

날아갔다. 어둠, 이 출구 없는 어둠 때문에 희미해지고 억눌려 흔적도 없이 사라졌다.

나는 울부짖었다. "살려주세요! 살려주세요! 살려줘요!"

내 절망적인 부르짖음에 여전히 대답이 없었다. 도대체 몇시일까? 회중시계를 꺼냈으나, 성냥이 없었다. 작은 기계장치가 경쾌하게 재깍거리는 소리에 귀를 기울였다. 낯설고도 기묘한 기쁨을 느꼈다. 시계는 작동하는 듯했다. 덜 외로웠다. 얼마나 놀라운 신비인가! 나는 다시 걷기 시작했다. 맹인처럼 지팡이로 벽을 더듬거리면서 나아가다가도 날이 밝아오기를 바라며 수시로 눈을 들어 하늘을 쳐다보았으나, 천공天空도 캄캄했다. 완전히 캄캄했다. 도시보다 더 깊은 어둠이었다.

정말이지 몇시나 되었을까? 무한한 시간 전부터 걷고 있는 듯싶었다. 실제로 다리가 저절로 구부러지고, 가슴이 헐떡거렸으며, 지독한 허기로 고통스럽기까지 했다.

아무 집 대문이나 초인종을 울리기로 마음먹었

다. 구리 손잡이를 끌어당기자, 반향이 잘되는 집 안으로 초인종 소리가 기이하게 울려퍼졌다. 마치 이 떨리는 소리가 이 집에서 나는 유일한 소리인 듯했다.

나는 기다렸다. 아무런 반응이 없었다. 아무도 문을 열지 않았다. 다시 초인종을 울리고는 기다렸다 — 어떤 소리도 들려오지 않았다!

무서웠다! 다음 집으로 달려가서, 스무번 연달아 초인종을 울려, 대개의 경우 어두운 복도 어딘가에 잠들어 있게 마련인 수위를 깨우려고 했다. 하지만 그는 깨어나지 않았고, 나는 고리나 손잡이를 온 힘으로 잡아당기면서, 완강히 닫힌 문들을 발과 지팡이와 손으로 두들기면서 점점 더 멀리 갔다.

중앙시장에 이르렀다는 것을 돌연 알아차렸다. 중앙시장은 황량했다. 소리도, 움직임도, 마차도, 사람도, 야채나 과일 더미도 없었다. 텅 비어 있었다. 고요하고 버려져 있고 죽은 것 같았다!

격렬한 공포가 나를 엄습했다. 소름이 끼쳤다.

무슨 일일까? 오! 맙소사! 무슨 일일까?

나는 다시 출발했다. 그런데 몇시지? 몇시지? 몇시인지 말해줄 사람 없을까? 종탑이나 기념건축물의 괘종시계도 울리지 않았다. 나는 생각했다. '회중시계의 유리를 빼내서 손가락으로 바늘을 더듬어보아야겠어.' 시계를 꺼냈다…… 재깍거리는 소리가 나지 않았다…… 멈춰 있었다. 이제는 아무것도, 아무것도, 도시에서 미미하게나마 들려옴직한 소리도, 희미한 빛도, 공중에서 무언가가 가볍게 스치는 소리도 없다. 아무것도! 더이상 아무것도! 삯마차가 굴러가는 아련한 소리조차도 — 더이상 아무것도 없다!

강변으로 갔다. 강물에서 차디찬 냉기가 올라왔다.

센강은 여전히 흐르고 있는 것일까?

알고 싶었다. 계단을 찾아내 내려갔다…… 평소같으면 다리의 아치들 밑에서 거품을 내며 부글거렸을 물소리가 들리지 않았다…… 또 걸었다…… 모래사장…… 개흙…… 더 멀리로 강물…… 강물에 팔을 집어넣었다…… 강물은 흘러갔다…… 강물은 흘러갔다…… 차가웠다…… 차가웠다…… 차가웠다…… 거의 얼어붙었다…… 거의 말랐다…… 죽어버렸다.

　이제는 다시 올라갈 힘이 없으리라…… 나 역시 거기서 곧 굶주림으로, 피로로, 추위로 죽게 되리라는 것을 느꼈다.

드니 디드로 Denis Diderot

이것은 소설이 아니다 Ceci n'est pas un conte

소설은 읽는 사람을 전제로 쓰이게 마련이고, 소설이 조금이라도 길어지면, 읽는 사람이 이야기꾼의 말을 가로막고 나서는 일도 종종 일어난다. 그래서 나는 다음에 펼쳐질 이야기, 당신은 소설이라고 생각하겠지만, 소설이 아니거나 아니면 형편없는 소설인 이야기 속에다 독자라 할 수 있는 인물을 집어넣었다. 그럼 이야기를 시작하겠다.

"그런데 결론은 내렸습니까?"

"요컨대, 그렇게 흥미로운 주제라면 모든 이의 마음을 들뜨게 하고, 도시의 온갖 모임에서 한달 동안이나 화제가 되며, 따분해질 때까지 돌고 돌뿐더러, 수많은 논쟁, 적어도 스무편의 소책자와 수

백편의 운문 희곡에 찬반의 소재를 제공할 것이 틀림없으리라고 예상했는데요, 저자의 감성이 뛰어나게 섬세하고, 지식이 탁월하며, 재치가 온전한데도, 작품은 그다지 열광적인 반응을 불러일으키지 못했으니, 보잘것없어요, 아주 시시해요."

"하지만 하루 날 잡아서 제법 유쾌한 저녁나절을 보내는 데는 충분할 듯하고, 게다가 읽고 나면……"

"뭐요? 쌍방이 모두 서로에게 쏘아붙이곤 하는데다가 아주 옛날부터 뻔한 사실, 즉 남자나 여자나 다 아주 못돼먹은 짐승이라는 사실만을 말하고 있을 뿐인 짤막한 이야기들의 지루한 반복이라니까."

"하지만 선생도 여느 다른 사람처럼 그 시답잖은 유행에 한몫했잖아요."

"그거야 누구나 좋든 싫든 타고난 말투가 편하기 때문이고, 사교계에 출입하면서부터는 만나게 될 여자들에 따라 표정까지 바꾸기 때문이며, 속으로는 슬프면서도 겉으로는 즐거운 척, 웃기려 하면서도 슬픈 척, 모르는데도 다 아는 척하려 들기 때문이오. 가령 문인인 주제에 정치를 논하는 사람, 정치인에 불과한데도 형이상학을 논하는 사람, 형이상학자이면서 도덕론을 펴는 사람, 도덕가이면서 재정을 논하는 사람, 금융가이면서 문학이나 기하학을 논하는 사람이 많아요. 저마다 귀를 기울이거나 입을 다물기보다는 오히려 모르는 것에 관해 떠들어대고, 모든 이가 터무니없는 허영심이나 번거로운 예의범절에 지긋지긋해하니 말이오."

"기분이 언짢아 보이는군요."

"평소에도 늘 그렇지, 뭐."

"그럼 제 짤막한 이야기는 나중에, 좀더 적절한 때 하는 게 좋겠네요."

"내가 준비되기를 기다리시겠다는 말이오?"

"그게 아닙니다."

"아니면 내가 사교계에서 상관없는 사람을 대할 때보다 당신과 단둘이 있을 때 덜 너그러울까봐 염려하는 게요?"

"그렇진 않습니다."

"그렇다면야 무슨 이야기인지 거리낌없이 말해도 되잖소."

"제 짤막한 이야기 역시 당신을 짜증나게 할 거라서요."

"그래도 좋으니 말해보시오."

"아닙니다, 말할 수 없습니다, 금방 싫증을 내실 텐데요, 뭐."

"내 화를 돋우는 방식들 중에서 당신의 방식이 가장 불쾌하다는 것을 알고나 하는 말이오?"

"제 방식이 뭔데요?"

"자기가 하고 싶어 죽을 지경인 것을 남더러 간청하게 하는 방식이지. 그래, 좋소! 이봐요, 제발, 뜸 들이지 말고 그냥 당신 맘대로 해버리시오."

"제 맘대로요?"

"시작해요, 제발 좀, 시작하라니까."

"그러면 짧게 하도록 노력해보겠습니다."

"그것도 과히 나쁘지는 않겠지."

이쯤에서 나는 심술궂게 헛기침을 하고, 침을 뱉었으며, 손수건을 꺼내 코를 푼 다음에, 코담뱃

갑을 열고서 한번 들이마셨는데, 그때 나에게 이야기를 들려줄 사람이 어물어물 말했다. "이야기는 짧은데, 서두가 길어요." 갑자기 나는 심부름 시킬 일이 있을 경우에 대비해 하인을 부르고 싶어졌으나 다음과 같이 생각하고는 그만두었다.

이것은 소설이 아니다

"아주 착한 남자들과 아주 못돼먹은 여자들이 있다는 것을 인정할 필요가 있습니다."

"그거야 날마다, 때로는 자기 집 안에서도 겪는 일이잖소. 그래서요?"

"그다음에요? 저는 아름다운 알자스 여자 한명을 알게 되었는데, 그녀는 늙은이들을 달려오게 만들고 젊은이들을 별안간 멈추게 할 정도로 미인이었죠."

"나도 그녀를 알고 있소, 레메르 부인 아니오."

"그렇습니다. 낭시에서 새로 온 타니에라는 사람이 그녀에게 정신없이 반해버렸어요. 그는 가난

했습니다. 많은 식구를 거느린 부모의 어려운 형편 때문에 가출하고, 운명이 더는 나빠지지 않을 것이라는 본능적인 확신에 이끌려 무엇이 될지 알지 못한 채 세상으로 뛰어드는 그런 떠돌이들 중 하나였죠. 타니에는 레메르 부인에게 너무나 반한 나머지, 그녀의 눈에 고결해 보이는 행동만을 하리라는 굳은 마음가짐으로, 자기 애인의 곤궁을 덜어주기 위해 아무리 고되고 비천한 일이라도 싫은 기색 없이 묵묵히 해냈습니다. 낮 동안은 이 선창 저 선창으로 일하러 다녔고, 날이 저물면 이 거리 저 거리에서 구걸을 했습니다."

"참 고약한 경우였소, 하지만 오래갈 수는 없었지."

"게다가 타니에는 가난과 싸우는 데에도, 더 정확히 말해서 주변의 부유한 남자들이 매력적인 그 여자에게 저런 가난뱅이 타니에를 쫓아내라고 압박하는 상황에서 궁핍을 무릅쓰고 그녀를 붙잡는 데에도 하나같이 지쳤고……"

"보름이나 한달 뒤에는 그녀도 그렇게 되었을

것이오.”

"또한 그들이 부를 과시하는 꼴도 보기 싫어서, 그녀를 떠나 멀리 가서 운을 시험해보기로 마음먹었습니다. 그는 여기저기 부탁하고 다닌 끝에, 어느 근사한 선박에 승선 허가를 얻게 됩니다. 출항의 순간이 다가왔습니다. 그는 레메르 부인에게 작별인사를 하러 갑니다. 그가 그녀에게 말했어요. '이봐요, 당신의 애정을 더 오랫동안 누릴 수는 없을 것 같소. 결심을 했소, 떠나기로.' '떠난다고요!' '그렇소.' '어디로 가실 거죠?' '서인도제도로요. 당신은 나 같은 남자와 함께 살 운명이 아니고, 나로서도 당신이 누려 마땅한 또다른 운명을 더는 늦출 수가 없소.'"

"착한 타니에!"

"'그럼 저는 어떡해요?'"

"음흉한 여자 같으니!"

"'당신의 마음을 얻고 싶어하는 사람들이 주변에 많지 않소? 당신이 한 약속들은 없었던 걸로 합시다. 당신이 한 맹세들도 그렇고. 그 구혼자들 중에서 가장 마음에 드는 남자를 만나시오. 그를 받아들이시오, 제발 그렇게 하시오.' '아! 타니에 씨, 다른 사람도 아닌 당신이 제게……'"

"레메르 부인의 몸짓은 흉내내지 않아도 좋소. 눈에 다 보이는 것 같으니까."

"떠나는 마당에 당신에게 뭘 요구하겠소만, 한 가지만 부탁하겠소. 우리를 영원히 갈라놓을 약속일랑은 절대로 하지 말아주시오. 자, 내게 맹세할 수 있겠소? 이 세상 어느 곳에 살게 되건, 당신한테 변함없는 애정의 확실한 증거를 보내지 않은 채로 일년이 지나간다면, 난 정말로 불행할 놈이 될 것이오. 그만 울음을 그치시오.'"

"여자들이란 마음만 먹으면 언제나 울 수 있지."

"'이것은 내가 마음의 가책 때문에 세우게 된 계획이니 반대하지 마시오. 설령 당신의 반대로 말미암아 내 계획이 철회된다 해도, 오래지 않아 나는 또다시 그런 시도를 하게 될 게 뻔하니까요.'"

"그리고 타니에는 산토도밍고로 출발했겠지, 그것도 레메르 부인에게나 자기 자신에게나 아주 적절한 시기에 말이야."

"아니, 어떻게 알고 계시죠?"

"누구나 알 수 있는 일이오. 타니에가 그녀에게 남자를 하나 고르라고 했을 때 이미 결판난 일 아니겠소."

"아, 그렇군요!"

"이야기나 계속하시오."

"타니에는 상당히 재기가 있었고 사업수완도 좋았습니다. 그는 얼마 지나지 않아 유명해지고, 카프 지방의 고등법원에 취직했는데, 거기에서 풍부한 식견과 공정한 일처리로 두각을 나타냈습니다. 그는 큰돈을 벌려는 야망은 없었지만, 정직하게 벌어 빨리 부자가 되고 싶은 생각만큼은 무척이나 강했지요. 해마다 그는 벌어들인 돈의 일부를 레메르 부인에게 보냈습니다. 그가 돌아온 것은……."

"구, 십 년 만이야. 그렇지, 더 오랫동안 떠나 있지는 않았을 게요."

"돌아와서는 작은 지갑을 애인에게 선사했는

데, 그것은 그의 덕행과 고난을 함축하는 선물이었죠."

"타니에에게는 잘된 일이었소, 그녀가 마지막 애인과 결별한 직후였으니까."

"마지막 애인과요?"

"그렇소."

"그러니까 여러 남자가 거쳐갔다는 말씀입니까?"

"물론이오. 어서 이야기나 마저 끝내시오."

"그런데 저보다 더 잘 알고 계시니, 이야기할 게 별로 없는데요."

"상관없소, 그래도 계속하시오."

"레메르 부인과 타니에는 생트마르그리트가에서도 제가 사는 곳과 아주 가까운 곳에 제법 때깔이 좋은 집을 장만했습니다. 저는 타니에를 무척 대단한 인물이라고 생각했고, 다른 이유도 있고 해서 그의 집을 자주 드나들게 되었는데, 그의 살림살이는 호사스럽지는 않았지만 적어도 넉넉해 보이기는 했습니다."

"내가 계산을 해본 적은 없지만, 타니에가 귀국하기 전에 그 몹쓸 여편네 레메르는 1만 5000리브르 이상의 연금을 받고 있었던 것이 틀림없소."

"아니 타니에에게 자기 재산을 숨겼단 말입니까?"

"그렇소."

"왜요?"

"인색하고 탐욕스러운 여자였기 때문이오."

"탐욕스럽다는 건 소문이 나서 알고 있었지만, 인색하기까지 하다니! 인색한 창부라! 오륙년 전만 해도 그 두 연인은 더할 나위 없이 사이좋게 지냈는데 말입니다."

"한쪽의 극단적인 교활함과 다른 한쪽의 끝없는 신뢰감 덕분이었지."

"오! 정말이지 타니에처럼 순수한 영혼에는 의심의 그림자도 깃들 수 없었습니다. 제가 때때로 알아차린 것이라고는 결국 레메르 부인이 이전의 빈궁한 삶을 잊어버리고는 사치와 부에 몹시 신경을 썼다는 점뿐입니다. 자기처럼 아름다운 여자가 걸어다닌다는 것은 모욕이라고 생각했을 정도니까요."

"호화로운 사륜마차를 타고 다녔다는 말이오?"

"그리고 악덕의 광채에 의해 천한 모습이 감춰졌다는 점도 눈에 띄었습니다. 웃으시는 겁니까? 바로 그 시기에 드모르파 씨가 북방에 상사商社를 설립하려 했습니다. 사업이 성공하자 부지런하고 머리가 좋은 사람이 필요하게 되었지요. 드모르파 씨는 카프 지방에 머물러 있는 동안 타니에에게 여러가지 중요한 일거리를 맡겼는데, 타니에가 그 일들을 이 대신大臣이 만족할 정도로 깔끔하게 해냈으니만큼, 그로서도 타니에를 눈여겨볼 수밖에 없었죠. 타니에는 자신의 탁월함 때문에 드모르파 씨의 눈에 든 것을 유감스럽게 생각했습니다. 아름다운 애인과 함께 지내면서 그토록 만족해하고 그토록 행복해했으니까요! 그는 사랑했고, 사랑받았거나 자신이 사랑받는다고 생각했지요."

"옳은 말이오."

"돈을 더 번다고 그가 더 행복해질 수 있었겠

습니까? 천만에요. 하지만 대신은 고집을 꺾지 않았으니, 타니에로서도 결정을 내려야 했고, 레메르 부인에게 터놓고 말하지 않을 수 없었죠. 때마침 그의 집을 방문할 일이 있어서 가보니 그 난처한 장면이 막 끝났나봐요. 가련한 타니에는 얼굴이 온통 눈물범벅이었습니다. 제가 그에게 물었죠. '아니, 도대체 무슨 일로 이러시오?' 그는 흐느끼면서 저에게 말했습니다. '이 여자 때문입니다!' 레메르 부인은 조용히 수놓기에 열중하고 있었습니다. 타니에가 갑자기 일어나더니 밖으로 나가버렸죠. 저와 그의 애인만 남아 있게 되었는데, 그녀는 타니에의 분별없음에 관한 자신의 생각을 제게 굳이 감추려 들지 않았습니다. 자신의 초라한 처지를 부풀리고, 치밀한 정신의 소유자가 야심을 궤변으로 얼버무릴 때 쓰는 온갖 기교를 다 동원해 자신을 변호했습니다. '무슨 큰일이라도 일어난 건가요? 기껏해야 이삼년 떨어져 있는 거잖아요.' '당신이 사랑하고 타니에만큼 당신을 사랑하는 남자에게는 긴 세월이죠.' '그이가 절 사랑한다고요? 만약 저를 사랑한다면, 제가 바라는 것을 망설이지 말고 들어 줘야잖아요?' '그런데 부인, 왜 그를 따라가지 않는 거죠?' '제가요? 말도 안될뿐더러, 아무리 괴짜라 지만, 그이는 저에게 그런 제안을 할 생각이 전혀 없었거든요. 그이가 저를 의심하는 걸까요?' '그럴 리가 있겠습니까?' '제가 그이를 기다린 열두해의 세월에 비하면 이삼년 동안 저의 선의를 믿고 떠나 있는 거야 대수롭지 않은 일이죠. 게다가 이런 기 회는 평생 한번밖에 오지 않는 특별한 것이니만큼, 저로서는 그이가 나중에 좋은 기회를 놓쳤다고 후 회하면서 저를 나무라지나 않을까 걱정이 되기도 해요.' '당신이 그를 마음으로 받아들이는 한, 그는 변함없이 행복해할 것이고, 어떤 것도 후회하지 않 을 것이오.' '아주 정중하게 말씀하시니 몸둘 바를 모를 지경입니다만, 제가 늙어 꼬부라질 때에야 비 로소 그이가 만족할 만큼 많은 돈을 벌어들이게 된 다면 무슨 소용이 있겠어요. 여자들의 결점은 미래 를 전혀 생각하지 않는다는 것이지만, 저는 그렇지 않답니다.' 드모르파 대신은 파리에 머무르고 있었는데요, 그의 저택은 생트마르그리트가에서 엎어지면 코 닿을 곳이었습니다. 타니에는 거기로 가서 대신의 권유를 받아들이겠다고 약속하고 돌아왔는데, 제가 보니, 그의 눈은 물기가 말라붙어 감정이 없어 보였지만, 마음만은 굳게 다잡은 듯했습니다. 그가 그녀에게 말했습니다. '드모르파 씨를 만나고 왔소. 그분에게 단단히 약속을 했으니, 나는 떠날 것이고, 내가 떠나면 당신은 만족하겠지.' '아! 내 사랑……' 레메르 부인은 자수틀을 밀쳐버리고 타니에에게 달려들어서는, 두 팔로 그의 목에 매달려 그의 볼에 수차례 입을 맞추고 달콤한 말을 퍼붓습니다. '아! 이번에야말로 제가 당신에게 소중한 존재라는 것을 알겠어요!' 타니에는 냉정하게 대답했습니다. '당신의 꿈은 부유해지는 것이잖소.'"

"탕녀 같으니, 그런 여자는 거지꼴이 되어야 마땅해."

"'그러니 당신은 부자가 될 게요. 당신이 사랑하는 것은 황금이니까, 황금을 구하러 가야 하지 않겠소.' 그때가 화요일이었으니까, 대신이 타니에의

이것은 소설이 아니다

출발날짜로 정한 금요일까지는 이틀밖에 남아 있지 않았습니다. 제가 그에게 작별인사를 하러 갔더니, 그는 아름답고 비열하며 매정한 레메르의 품에서 몸을 빼려고 자기 자신과 싸움을 벌이고 있었습니다. 그에게서 머릿속의 혼란, 절망감, 고뇌가 비슷한 예를 찾아볼 수 없을 정도로 처연하게 드러났습니다. 그것은 하소연이 아니라 긴 외침이었어요. 아직 침대에 앉아 있는 레메르 부인의 한쪽 손을 그는 꼭 붙잡고 있었어요. 그는 끊임없이 되풀이해 말했습니다. '매정한 여자 같으니! 냉혹한 여자 같으니! 그대가 누리는 생활의 여유, 그리고 나와 같은 친구, 나 같은 연인, 이 이상 무엇이 더 필요하단 말이오? 나는 그녀를 위해 아메리카의 몹시 뜨거운 지방으로 한몫 단단히 벌려고 갔었는데, 이제는 나더러 또다시 북방의 얼음구덩이로 가서 큰돈을 벌어오라고 하는구려. 이보시오, 이 여자는 미친 것 같고 나는 정신병자로 보일 테지만, 그녀를 슬픔에 빠뜨리느니 차라리 내가 죽는 편이 덜 끔찍할 겁니다. 그대는 내가 떠나길 바라니, 바라는 대로 그대 곁을 떠나겠소.' 그는 그녀의 침대맡에 무릎을 꿇고 침대보에 얼굴을 묻은 채, 그녀의 손에 줄곧 입을 맞추었는데, 그의 억눌린 흐느낌으로 인해 처량함과 전율이 더욱 심해 보였죠. 침실의 문이 열리고, 그가 별안간 머리를 쳐들었습니다. 마부가 들어와서는 마차에 말들을 매놓았다고 그에게 알렸지요. 그는 날카로운 소리를 내지르더니 얼굴을 침대보에 다시 처박았습니다. 얼마간 정적이 감돈 후에, 그는 몸을 일으켜 애인에게 말했습니다. '이별의 포옹을 나눕시다, 부인, 다시 한번 나를 껴안아주시오, 다시는 나를 못 볼 테니 말이오.' 그의 예감은 정말로 딱 맞아떨어졌습니다. 그는 파리를 떠나 페테르부르크에 도착한 지 사흘째 되는 날 열병에 걸려 이튿날 사망했습니다."

"내가 다 아는 이야기군."

"그럼 선생도 그녀의 애인들 가운데 한 사람이었던가요?"

"아무렴, 그렇고말고, 그 역겨운 미녀 때문에 내 사업에 막대한 차질이 생겼소."

"정말 타니에만 불쌍하게 되었죠!"

"세상에는 그를 바보라고 말할 사람들도 있소."

"저로서는 사람들이 그렇게 말하는 것을 막을 수 없겠습니다만, 그들이 고약한 운명에 부딪혀 레메르 부인만큼 예쁘고 교활한 여자에게 걸려들기를 마음속으로 바란답니다."

"복수심이 엄청 강하시군."

"그리고 또 아주 못된 여자들과 아주 착한 남자들이 있는 반면에, 아주 착한 여자들과 대단히 못된 남자들도 있는데요, 제가 덧붙일 이야기도 앞의 이야기와 마찬가지로 소설이 아닙니다."

"믿어 의심치 않소."

"데루빌 씨라고……"

"아직 살아 있는 사람? 국왕 근위대 사령관? 롤로트라는 무척 매혹적인 여자와 결혼한 남자 말이오?"

"바로 그 사람이에요."

"신사인데다가 학문을 좋아하는 사람이지."

"학자들의 친구이기도 하고요. 오랫동안 그는

모든 시대, 모든 민족의 전쟁에 관한 일반적인 역사를 탐구하는 데 몰두했습니다."

"방대한 계획이군."

"그는 작업을 진행하기 위해, 『수학사』의 저자 드몽튀클라 씨를 비롯해, 재능이 뛰어난 몇몇 젊은 이를 불러모았습니다."

"제기랄! 그에게 그런 엄청난 영향력이 있었소?"

"그런데 가르데유라는 남자가, 제가 지금 선생에게 들려드리려는 연애 사건의 주인공인데요, 자신의 전문분야에서 드몽튀클라 씨에 그다지 뒤지지 않는 명성을 누리고 있었습니다. 가르데유와 저는 그리스어 연구에 대해 열의가 있다는 공통점 때문에 서로 알게 되었는데, 둘 다 집에 틀어박혀 있기를 좋아하는데다, 꽤 오래 조언을 주고받는 사이에, 무엇보다 쉽게 만나볼 수 있어서 제법 친해졌습니다."

"당신 거처가 에스트라파드에 있었으니까 그럴 만하오."

"그는 생티아생트가에, 그의 애인 라 쇼 양은 생미셸 광장에 살고 있었습니다. 이렇게 그녀의 이름을 밝히는 이유는 그 가련하고 불행한 여자가 이미 세상을 떴기 때문이고요, 또한 그녀의 삶 이야기를 듣는다면 말이죠, 정신이 똑바로 박힌 사람들은 그녀를 존경할 수밖에 없을 것이고, 그녀의 영혼에 깃든 감성을 조금이라도 타고난 사람들이라면 그녀를 위해 마땅히 찬탄과 회한과 눈물을 바칠 것이기 때문입니다."

"아니 당신 목소리가 자꾸만 끊기는군, 울고 있는 것 아니오?"

"그녀의 커다란 검은 눈동자가 아직도 부드럽게 반짝이는 듯하고, 그녀의 애처로운 목소리가 여전히 내 귓가에 울리며 제 마음을 뒤흔들어놓는 것 같습니다. 매력적인 여자였어요! 이 세상에 하나밖에 없는 여자였다고요! 그대가 저승으로 떠났다니! 그대가 세상을 뜬 지 벌써 이십년이건만, 그대를 생각하면 아직도 가슴이 조이는 듯 아려오는군요."

"그녀를 사랑했소?"

"아닙니다. 오, 라 쇼! 오, 가르데유! 당신들은 둘 다 비범한 사람, 놀랍도록 다정다감한 여자, 경악스러울 정도로 배은망덕한 남자였소. 라 쇼 양은 점잖은 집안 출신이었는데, 부모의 집을 나와 가르데유의 품에 안겨버렸습니다. 가르데유는 가진 게 아무것도 없었고, 라 쇼 양에게는 얼마간의 재산이 있었지만, 그 재산도 몽땅 가르데유의 필요와 변덕의 제물로 탕진되고 말았습니다. 그녀는 사라진 재산도 빛바랜 명예도 애석해하지 않았어요. 그녀에게는 애인이 전부였죠."

"그러니까 가르데유 녀석이 매우 매력적이고 상냥한 남자였단 말인가?"

"전혀요. 키가 작고 무뚝뚝하며 유머가 없을 뿐 아니라 입이 거친 남자로, 얼굴에 정감이 없고 안색이 거무스레한데다가, 전체적으로 보잘것없는 소인배였죠. 재기발랄하지만 얼굴이 못생긴 남자였습니다."

"매력적인 아가씨가 그런 남자에게 정신없이

흘렸단 말이오?"

"의외라고 생각하세요?"

"물론이오."

"정말입니까?"

"그렇소."

"하지만 선생도 데샹 양과의 연애를 경험하지 않았습니까? 그 여자가 선생의 면전에서 현관문을 닫아버렸을 때 선생이 빠져든 절망을 이제는 잊었나봐요?"

"그 일은 내버려두고 하던 이야기나 계속하시오."

"제가 선생에게 물었죠. '그녀는 과연 아름다운가요?' 그러자 선생은 서글프게 대답했습니다. '아니오.' '그럼 재기가 있는 여자입니까?' '멍청한 여자요.' '그렇다면 그녀의 재능에 선생의 마음이 사로잡혔을까요?' '한가지 재능이 있기는 하지.' '그희귀하고 숭고하며 경이로운 재능 말입니까?' '껴안는 재능이오. 나는 어떤 다른 여자의 품에 안길 때보다 그녀의 품에 안길 때 더 행복해지니까.'"

"그런데 라 쇼 양은?"

"정숙하고 정이 많은 라 쇼 양은 선생이 경험한 것과 같은 행복을 은근히, 본능적으로, 자신도 모르는 사이에 기대했습니다. 선생으로 하여금 데샹 양에 대해 다음과 같이 말하게 한 행복 말입니다. '저런 엉뚱한 여자, 저런 가증스러운 여자가 끝까지 나를 자기 집에서 쫓아낸다면, 나는 그녀의 응접실에서 권총으로 내 머리를 부숴버리겠어.' 이렇게 말했죠, 아닙니까?"

"그렇게 말했거니와, 지금도 왜 내가 그렇게 하지 않았는지 후회가 되오."

"그러니 인정하시죠."

"당신의 마음에 든다면 모든 것을 인정하겠소."

"이봐요, 우리 중에서 제일 현명한 사람은 말이죠, 예쁘건 못생겼건, 재기발랄하건 멍청하건, 남자를 프티트메종[1]에 감금될 정도로 미치게 했을 여자를 정말 다행스럽게도 만나지 않았지요. 남자들이

---

[1] 8세기 후반의 광인 수용시설.

란 참 불쌍한 존재이니, 그들을 너무 심하게 비난하지는 맙시다. 그리고 우리의 지난 세월에 대해서도, 우리를 뒤쫓던 악의로부터 벗어나게 된 시기라고 생각한다면 애석해할 이유가 없죠. 어떤 천성적인 매력이 특히 열정적인 영혼과 활발한 상상력에 미치는 강렬한 효과를 몹시 두려운 것으로 생각해야지 별수 없잖아요. 화약통 위로 우연히 떨어지는 불꽃이라 해도 이보다 더 끔찍한 결과를 초래하지는 않을 것입니다. 선생이나 저는 아마 이 치명적인 불꽃을 손가락으로 털어낼 준비가 되어 있을 것입니다.

데루빌 씨는 작업속도를 높이고 싶어서 협력자들을 혹사시켰어요. 이로 인해 가르데유는 건강을 해치게 되었습니다. 라 쇼 양은 그가 맡은 일을 덜어주기 위해 히브리어를 배웠고, 자신의 애인이 쉬는 동안, 밤늦도록 히브리 저자들의 발췌본을 해독하고 번역했죠. 그리스 저자들의 자료를 검토할 때가 되자, 라 쇼 양은 배웠지만 어설프게 알고 있던 그리스어를 서둘러 완벽하게 익혔고, 가르데유가 잠자는 동안, 크세노폰과 투키디데스의 구절들을 번역하고 베껴쓰는 데 전념했습니다. 그리스어와 히브리어 외에 이탈리아어와 영어도 습득했습니다. 특히 영어는 흄의 초기 형이상학 시론들, 주제가 한없이 까다롭고 어려운 관용어가 많이 사용된 그 저작물을 프랑스어로 번역할 정도로 잘했어요. 그녀는 연구를 하느라 체력이 바닥날 때면 음악을 연주하면서 기분을 전환했고, 자기 애인이 지루해할까 염려해 노래를 불렀습니다. 절대로 과장이 아닙니다. 의학박사 르카뮈 씨를 증인으로 내세울 수도 있어요. 그는 그녀의 노고를 위로했고, 그녀를 빈곤에서 빠져나오도록 해주는 등 그녀에게 지속적으로 도움을 주었을 뿐 아니라, 그녀가 가난 때문에 살게 된 다락방으로 그녀를 따라갔고, 그녀가 숨을 거둘 때 눈을 감겨주었으니까요. 아니, 그녀가 처음에 당한 불행 중 하나를 잊고 있었군요. 그것은 애인에 대한 공공연하고 터무니없는 애착에 격분한 가족으로부터 그녀가 받아야 했던 박해입니다. 그녀의 가족은 진실뿐 아니라 거짓까지도 이용해, 비열하게라도 그녀의 자유를 빼앗으려 했습니다. 그녀의 부모와 사제들은 이 동네 저 동네, 이 집 저 집으로 그녀를 추적했고, 그래서 그녀는 여러해 동안 혼자 숨어 살아야 할 지경에 이르렀습니다. 그녀는 가르데유를 위해 일하면서 낮 시간을 보냈기 때문에, 밤이 되어서야 우리는 그녀에게로 갔는데, 애인이 와 있다는 사실만으로 그녀의 온갖 고뇌, 그녀의 모든 불안은 흔적도 없이 사라지곤 했습니다."

"뭐라고요! 젊고 심약하며 다감한 아가씨가 그토록 심한 역경의 한가운데에!"

"그녀는 행복했습니다."

"행복했다고!"

"그렇습니다. 그녀가 행복하지 않은 것은 오직 가르데유가 배은망덕하게 굴 때뿐이었습니다."

"하지만 그토록 드물게 고귀한 품성과 무수한 애정 표현, 온갖 희생에 대한 보상이 배반이라니, 있을 수 없는 일이오."

"있을 수 없는 일이 아닙니다. 가르데유는 은덕

을 저버렸습니다. 어느날 라 쇼 양은 이 세상에 명예도 돈도 의지할 데도 없이 혼자가 되었습니다. 선생이 오해할까봐 말씀드리는데요, 저는 얼마 동안만 그녀 곁에 머물렀고, 언제나 그녀를 지켜본 사람은 르카뮈 박사입니다."

"오 남자들, 남자들이란!"

"누구를 말하시는 겁니까?"

"가르데유지 누구겠소."

"선생 눈에는 악한 남자만 보이고 바로 옆의 착한 남자는 안 보이는 모양이군요. 그 괴로움과 절망의 날에, 그녀는 제 집으로 달려왔습니다. 아침이었어요. 그녀는 시체처럼 창백했죠. 그녀는 전날 밤에야 자신의 처지를 알게 되었을 뿐인데도, 오랫동안 괴로워한 기색이었습니다. 울지는 않았지만, 이미 실컷 울었다는 것을 분명히 알아차릴 수 있었어요. 그녀는 안락의자에 몸을 던졌습니다. 아무런 말이 없었죠. 말을 할 수가 없었던 것입니다. 이윽고 저를 향해 두 팔을 내밀더니, 곧바로 비명을 지르더군요. 저는 깜짝 놀라 그녀에게 물었습니다.

'무슨 일입니까? 그가 죽었나요?' '더 나쁜 일이에요. 그는 더이상 절 사랑하지 않아요. 그 사람이 저를 버렸어요.'"

"자, 어서 계속하시오."

"이야기를 계속하기가 어렵군요. 그녀의 모습이 보이고, 그녀의 목소리가 들려오니, 눈에 눈물이 가득 차네요. '이제는 그가 당신을 사랑하지 않는다고요?' '예.' '그가 당신을 버렸다고요?' '휴! 그래요. 제가 그렇게 정성을 다 쏟았는데! 선생님, 어찌해야 좋을지 모르겠어요. 저를 불쌍히 여겨주세요. 제 곁을 떠나지 말아주세요. 제발, 제 곁에 있어주세요.' 그녀는 이렇게 말하면서 제 팔을 꽉 쥐었습니다. 마치 자기 옆의 누군가에게 끌려가지 않으려는 듯이 말입니다. '두려워하지 마세요, 아가씨.' '저는 다만 저 자신이 두려울 뿐이랍니다.' '당신을 위해 무엇을 해야 하죠?' '우선 저를 저 자신으로부터 지켜주세요. 그는 더이상 저를 사랑하지 않아요. 저 때문에 힘들고 짜증이 난답니다. 제가 지겹답니다. 저를 버렸어요. 헤어지자고 해요. 결별하자는 거예요!' 이런 말이 되풀이되더니 깊은 침묵이 흘렀고, 침묵에 뒤이어 발작적인 폭소가 터져나왔는데, 절망한 말투나 죽어갈 때의 헐떡거림보다 훨씬 더 소름끼치는 것이었습니다. 그러고 나서 눈물을 흘리고 비명을 질렀으며, 알아듣기 어려운 말을 웅얼거리다가 처연히 하늘을 바라보고, 입술을 부르르 떨었으며, 고통의 격류에 휘둘렸는데, 저로서는 한동안 그대로 내버려둘 수밖에 없었고, 한참 뒤에 그녀가 넋나간 듯 멍해진 것을 보고서야 비로소 그녀의 분별력에 호소하기 시작했습니다. 제가 말을 이었어요. '허 참, 그가 당신을 싫어한다니, 그가 당신과 헤어진다니! 누가 당신에게 그런 말을 했죠?' '그이가요.' '자, 아가씨, 조금이나마 희망을 갖고 용기를 내봐요. 그가 괴물은 아니잖소.' '선생님은 그이를 모르고 계시니, 알려드리죠. 그이는 세상에 없는, 결코 존재한 적이 없는 괴물이랍니다.' '믿기지 않는군요.' '두고 보면 알게 되실 거예요.' '그가 다른 여자를 사랑하게 되었나요?' '아닙니다.' '그에게 어떤 의혹도 어떤 불만도 표시하지 않았나요?' '그럼요.' '그럼 도대체 무엇 때문일까요?' '제가 필요 없게 된 거죠. 이제는 제게 아무 것도 없고, 저는 더이상 어떤 것도 잘해내지 못하는데, 그이의 야심은 누그러질 줄 모르고, 그이는 점점 더 야심가가 되어갔어요. 저는 건강이 나빠지고, 매력을 잃고, 심한 고생으로 너무나 지쳤으니, 어떻게 되었겠어요, 권태와 혐오의 대상이 된 거죠.' '연인관계는 아니라도 친구로는 남아 있을 수 있잖아요.' '저는 지긋지긋한 대상이 되어버렸어요. 제가 그이 곁에 있으면 그이는 부담을 느끼고, 제가 그이를 바라보면 그이는 고통 받고 상처를 입어요. 그이가 제게 무슨 말을 했는지 아신다면! 네, 선생님, 그이가 제게 말하길, 저와 함께 스물네시간을 보내야 한다면 창문으로 뛰어내리겠다고 하더군요.' '그렇게까지 정이 떨어진 것은 어제오늘의 일이 아니군요.' '글쎄요, 본래 그이는 매사에 상관없다는 태도를 보이는 아주 거만하고 냉정한 사람이죠. 그런 사람의 속마음을 읽어내기란 무척 힘들고, 누구나 자신의 사형판결은 읽으려 하지 않

는 법이죠! 그이는 제게 사형선고를 내렸어요. 그
것도 얼마나 단호했는지!' '전혀 이해가 안 가는군
요.' '제가 선생님을 찾아온 것은 한가지 부탁이 있
어서인데요, 들어주시겠어요?' '무슨 부탁인가요?'
'말씀드리죠. 그이는 선생님을 존경해요. 선생님도
아시다시피 그이는 저에게 온갖 신세를 졌어요. 어
쩌면 그이는 부끄러워서 자신의 모습을 있는 그대
로 보이려 들지 않을 거예요. 그래요. 그이는 그럴
만큼 뻔뻔스럽지도 않을 테고 그럴 힘도 없을 거예
요. 저는 한낱 여자일 뿐이고 선생님은 남자죠. 인
정있고 정직하며 공정한 남자에게는 누구나 경외
심을 갖는 법입니다. 그이도 선생님 앞에서는 꼼짝
못할 거예요. 제 편이 되어, 그이의 집으로 함께 가
주세요. 선생님이 보시는 앞에서 그이에게 말하고
싶어요. 선생님이 계시는 가운데 제가 괴로움을 토
로하면 효과가 있지 않겠어요? 저와 함께 가주시
는 거죠?' '기꺼이 가지요.' '정말 고맙습니다.'"

　　"당신이 그녀와 함께 간다고 해도 별 효과가 없
지 않을까? 정이 떨어졌다는 것! 사랑하는 여자에

게 정이 떨어졌다는 것은 무시무시한 일이니 말이오."

"저는 2인용 마차를 부르러 사람을 보냈어요. 그녀는 거의 걸을 수가 없었거든요. 우리는 가르데유의 집, 생미셸 광장을 통해 생티아생트가로 접어들어 오른쪽에 있는 유난히 큰 새집에 도착했습니다. 마차꾼이 마차의 문을 열어주었습니다. 제가 먼저 내려 기다렸는데, 그녀가 나오질 않았어요. 다가가서 보니 여자는 전신경련을 일으켰더라고요. 마치 열병으로 오한이 엄습할 때처럼 이가 맞부딪치고, 양 무릎이 마주쳤어요. 그녀가 제게 말했습니다. '잠깐만요, 선생님. 죄송합니다, 죄송합니다, 도저히 못하겠어요. 저기서 제가 무엇을 하겠어요? 괜히 선생님 일에 지장만 드렸네요. 쓸데없는 부탁을 드려서 죄송합니다.' 그렇지만 저는 그녀에게 팔을 내밀었고, 그녀는 제 팔을 붙잡고 일어서려고 했지만 허사였습니다. 그녀가 말했어요. '잠깐만 더요, 선생님. 선생님께 폐만 끼치는군요. 저 때문에 괜한 괴로움을 겪으시네요.' 마침

내 그녀는 약간 진정되었고, 마차에서 밖으로 나오면서 아주 낮은 목소리로 덧붙였습니다. '들어가야 해요. 그이를 만나봐야겠어요. 어떻게 될지는 모르겠어요. 어쩌면 저는 저기서 죽을지도 몰라요.' 우리는 앞마당을 가로질러, 아파트의 현관문에 이르렀고, 가르데유의 서재로 들어갔습니다. 그는 실내복을 입고 나이트캡을 쓴 차림으로 책상에 앉아 있다가, 제게 인사의 손짓을 하고는, 한동안 하던 일을 계속했습니다. 곧이어 그가 제게 와서 말했습니다. '이봐요, 선생, 여자들이란 매우 성가신 존재죠. 아가씨의 괴상한 언동에 대해 진심으로 사과하오.' 뒤이어 살아 있다기보다는 차라리 죽어 있다고 하는 편이 맞을 그 가련한 여자에게 말했어요. '아가씨, 내게 무엇을 더 원하지? 내 생각을 구체적으로 분명히 밝혔잖아, 우리 사이는 끝장났다고. 내가 당신에게 말했지, 난 당신을 더이상 사랑하지 않는단 말이야. 단둘이서 마주 보고 그렇게 말했어. 맞아! 당신의 의도는 다른 사람 앞에서 되풀이하라는 것이로군. 그래 좋아! 아가씨, 나는 그대를 더이상 사랑하지 않아. 그대를 향한, 아, 그리고 당신에게 위안이 된다면 덧붙이겠는데, 모든 다른 여자를 향한 사랑의 감정은 내 마음속에서 꺼져버렸어.' '하지만 왜 당신이 저를 더이상 사랑하지 않는지 말해주세요.' '모르오. 내가 아는 것이라고는 왜인지 모른 채 시작했고 왜인지 모른 채 그만두었다는 것뿐이오. 그처럼 열렬한 사랑이 되돌아오기란 불가능하다고 느껴질 뿐이오. 그것은 내가 젊은 혈기로 저지른 엉뚱한 짓이오. 이제는 거기서 완전히 회복되었다고 생각하고 만족하오.' '제 잘못이 뭐죠?' '당신이 잘못한 것은 없어.' '제 행실에 어떤 남모를 불만이 있지는 않았나요?' '추호도 없었어. 당신은 남자라면 누구나 탐낼 만한 아주 의연하고 정숙하며 상냥한 여자였지.' '제가 할 수 있는데도 소홀히 한 일이 있었나요?' '전혀 없었소.' '저는 당신을 위해 부모까지 희생하지 않았나요?' '그건 사실이지.' '저의 재산도요?' '그에 대해서는 매우 유감스럽게 생각하오.' '제 건강도요?' '그렇다고 할 수도 있지.' '제 명예, 제 평판, 제 휴식도요?' '어디 마음대로 다 말해보구려.' '그런데도 당신은 제가 밉살스러운가요?' '그건 말하기도 듣기도 곤란하오만, 사실이 그러니, 인정해야지 어쩌겠소.' '그이에게 내가 가증스러운 여자라니……!' '감정이 그런 걸 어떻게 해, 난 그저 내 느낌에 충실할 뿐이야.' '가증스러운 여자라니! 아! 하느님!' 이런 말이 오가는 동안 그녀의 얼굴에는 극도로 창백한 기색이 번지고, 입술에 핏기가 가셨으며, 뺨에 맺힌 식은 땀과 눈에서 흘러내린 눈물이 한데 뒤섞였을 뿐 아니라, 눈이 감기고, 머리가 안락의자의 등받이 위로 젖혀졌으며, 이가 악물리고, 팔다리가 마구 떨리면서, 그런 전율에 이어 급기야는 실신하기에 이르렀는데요, 저는 이것을 보고 그 집 현관문 앞에서 그녀가 품은 희망이 실현되는 것이라고 생각했습니다. 그런 상태가 지속되자 저는 불안해지기 시작했습니다. 그래서 그녀의 반코트를 벗기고, 드레스와 치마의 끈을 풀어 늦추었으며, 얼굴에 찬물을 몇방울 뿌렸습니다. 그러자 그녀의 눈이 반쯤 뜨이고, 목에서 알아들을 수 없는 중얼거림이 새어나왔습니다. 그녀가 입 밖에 내려 한 말은 그이에게 난 가증스러운 여자야,라는 것이었는데, 제 귀에는 마지막 음절 몇마디만 들려왔을 뿐입니다. 그러고 나서는 날카로운 비명을 지르고 눈꺼풀이 풀리면서 다시 실신했어요. 가르데유는 안락의자에 냉정하게 앉아, 한쪽 팔꿈치를 탁자에 대고 머리를 손으로 받친 자세로, 냉랭하게 그녀를 바라보고 있었습니다. 그녀를 돌보는 일은 오로지 제 몫이었습니다. 제가 그에게 거듭 말했어요. '이봐요, 여자가 죽어갑니다. 의사를 불러야겠소.' 그는 웃음을 띠고 어깨를 으쓱하면서 제게 대답했습니다. '여자들은 생명력이 질겨요, 그리 쉽게 죽지 않소. 아무 일도 아니오. 곧 깨어날 거요. 선생은 여자를 모르오. 여자들은 무엇이건 원하는 것을 몸으로 행한다오.' '이봐요, 이 여자는 죽어가고 있소.' 실제로 그녀의 몸은 기력도 없고 생기도 없는 듯했어요. 몸이 안락의자 밑으로 미끄러졌지요. 제가 붙들지 않았다면, 오른쪽이나 왼쪽 바닥으로 굴러떨어졌을 것입니다. 그런데도 가르데유는 갑자기 일어나 방 안을 거닐면서 안달과 신경질이 섞인 어조로 말했습니다. '이런 따분한 장면은 정말 딱 질색이오. 이번이 마지막이길 바라오. 이 여자는 도대체 누구를 원망하는 거죠? 이 여자를 사랑하긴 했어요. 이 말에 조금이라도 거짓이 있다면, 성을 갈겠소. 하지만 이제는 이 여자를 사랑하지 않아요. 이 여자는 알고 있을 겁니다. 아니, 모른다 해도 상관없소. 이미 끝난 일이니까요.' '아니요, 선생, 아직 끝나지 않았어요. 뭐요! 유덕한 남자가 해야 할 일이 고작 한 여자에게서 모든 것을 빼앗고 그 여자를 버리는 것이란 말이오?' '나더러 어쩌란 말이죠? 나도 그녀만큼 가난뱅이요.' '당신더러 무얼 하라는 거냐고요? 그녀를 비참에 빠뜨렸으니, 당신도 비참해지길 바라오.' '농담이시겠죠. 그렇다고 그녀가 좋아질 리도 만무하고, 내 형편은 훨씬 더 나빠질 거요.' '당신을 위해 모든 것을 희생한 친구를 그렇게 대할 셈이오?' '친구라고요? 난 친구에게 큰 기대를 걸지 않소. 그리고 이번 경험으로 열렬한 사랑도 믿어서는 안된다는 것을 배웠어요. 좀더 일찍 알지 못한 게 애석합니다.' '이 불행한 여자가 당신의 잘못된 생각 때문에 희생당하는 것도 당연하단 말이오?' '한달이나 하루 뒤라면 내가 그녀의 그릇된 마음으로 인해 똑같이 호되게 당하지 않으리라는 근거는 무엇입니까?' '무슨 근거냐고요? 그녀가 당신을 위해 행한 모든 것, 그리고 당신이 지금 보고 있는 그녀의 상태를 생각해봐요.' '그녀가 나를 위해 행한 것이라고요! 오! 내 시간의 손실은 그것을 갚고도 남아요. 틀림없고말고요.' '아! 가르데유 선생, 당신이 빼앗긴 시간을 당신이 그녀에게서 빼앗은 모든 것, 값을 따질 수 없을 정도로 귀중한 것들과 감히 비교하다니 될 말이오?' '나는 이루어놓은 것이 하나도 없어요. 난 보잘것없는 사람이오. 나이는 서른살이나 먹었는데 말이오. 이제야말로 나 자신을 생각하고 그 하찮은 일들에 무슨 가치가 있는지 따져볼 때죠. 지금 아니면 기회는 다시 없을 테니까요.' 그동안 가련한 아가씨는 약간 의식을 회복했어요. 이 마지막 말에 그녀는 제법 생기를 되찾았습니다. '시간 손실이 어떻다고요? 저는 그이의 작업을 도우려고 4개국어를 배우고 수많은 책을 읽었을 뿐 아니라 밤낮으로 글을 쓰고 번역하고 옮겨적었어요. 그러느라 기력이 다 떨어지고 눈이 나빠지고 피가 말랐어요. 게다가 어쩌면 평생 낫지 않을지도 모르는 좋지 않은 병을 얻었습니다. 그이의 애정이 사라진 이유를 그이는 감히 고백하지 못할 거예요. 자, 선생님께 알려드리죠.' 그녀는 곧바로 숄을 벗더니, 한쪽 팔을 드레스 밖으로 꺼내 어깨를 드러내, 저에게 단독丹毒[2]으로 생긴 자국을 보여주면서 말했습니다. '그이가 변한 것은 바로 이것 때문이랍니다. 이것은 제가 뜬눈으로 지새운 밤들의 결과입니다. 아침마다 그이는 양피지 두루마리들을 들고 와서는, 데루빌 씨가 급히 내용을 알고 싶어한다고 말하곤 했어요. 내일까지 마쳐야 하는 일이라는 거예요. 그렇게 했죠.' 그때 현관문 쪽에서 다가오는 누군가의 발걸음 소리가 들렸습니다. 하인이 데루빌 씨가 왔다고 알렸습니다. 가르

2 고열과 염증을 동반하는 피부병.

데유의 얼굴이 창백해지더군요. 제가 라 쇼 양에게 옷매무새를 고치고 일어서기를 권하자, 그녀가 말했습니다. '싫어요, 남아 있겠어요. 비열한 자의 가면을 벗기고 싶어요. 데루빌 씨를 기다리겠어요. 그분에게 말하겠어요.' '그런다고 무슨 소용이 있겠습니까?' '아무 소용도 없겠죠. 선생님 말씀이 옳아요.' '내일이면 후회할 텐데요. 그가 정말 못된 짓을 저지른 건 사실이오만 그냥 내버려둬요. 그렇게 하는 것이 당신다운 복수일 게요.' '하지만 그에게 합당한 복수일까요? 보셨잖아요? 저 인간은……나가죠, 선생님, 빨리 여기를 떠나요. 제가 무슨 일을 저지를지, 제가 무슨 말을 할지 저 자신도 두려워요.' 라 쇼 양은 단독 자국을 보이느라 흐트러진 옷매무새를 눈 깜작할 사이에 고치고는 가르데유의 서재에서 쏜살같이 뛰쳐나갔습니다. 저도 뒤따라 나갔는데, 곧장 현관문이 세게 닫히는 소리가 들렸습니다. 나중에 알아보니 그가 문지기에게 그녀의 인상착의를 알려줬던 거예요.

저는 그녀를 집으로 데려다주었습니다. 그녀의

집에서는 르카뮈 박사가 우리를 기다리고 있었어요. 그가 라 쇼 양에 대해 품은 연정은 그녀가 가르데유에 대해 느낀 연정과 거의 비슷한 것이었습니다. 그에게 방문의 전말을 이야기하느라 무척 애를 먹었어요. 그가 어찌나 노여움과 괴로움, 분개한 기색을 적나라하게 내보이던지 원……"

"당신들의 방문이 그다지 성공적이지 않았다는 사실을 듣고 그가 싫지 않은 기색을 보였다는 것은 어렵잖게 알 수 있었을 테지요?"

"그렇습니다."

"인간이란 그런 것이오. 그도 더 나을 게 없소."

"그 결별 이후로 그녀는 심하게 앓았습니다. 그러자 선량하고 성실하며 다정한데다 세심한 그 의사는 프랑스의 가장 지체 높은 귀부인에게도 기울이지 않는 정성을 그녀에게 쏟았어요. 하루에도 서너번 그녀를 방문했습니다. 병세가 심상치 않을 때에는 그녀의 침실에 야전침대를 들여놓고 잤습니다. 마음이 몹시 괴로울 때는 병이 오히려 행복이죠."

"병에 걸리면 자신을 돌아보게 되고 다른 사람들에 대한 추억을 떨쳐버리는 법이오. 게다가 병을 핑계로 마음놓고 상심할 수도 있잖소. 그렇게 해도 무례하게 보이지 않고 말이오."

"다른 관점에서 보면 그런 지적이 옳을지 모르지만, 라 쇼 양에게는 들어맞지 않습니다.

그녀가 회복되는 동안, 우리는 그녀의 하루 일과를 회복에 도움이 되게끔 조정했어요. 그녀의 재기, 상상력, 취향, 지식은 비평 및 문학 아카데미[3]의 회원이 되고도 남을 정도였습니다. 그녀는 우리가 늘어놓는 형이상학을 많이 들었기 때문에, 아무리 추상적인 주제라도 쉽게 이해했습니다. 그녀의 첫번째 시도는 흄의 초기 저작물들을 번역하는 일이었습니다. 그녀의 번역은 제가 교정을 보았는데, 정말로 수정할 데가 거의 없었어요. 그 번역은 네덜란드에서 출간되었고, 독자로부터 좋은 반응을 얻었습니다.

---

3 프랑스의 다섯개 아카데미 가운데 하나로 주로 사학, 고고학, 문헌학 분야의 학자들로 구성된다.

저의 『농아에 관한 서한』[4]이 이와 거의 동시에 출간되었는데요, 그녀가 제게 매우 날카로운 반론을 제기한 덕분에, 저는 개정판을 써서 그녀에게 헌정할 수 있었습니다. 게다가 그것은 제 책들 중에서도 상당한 수준의 것입니다.

라 쇼 양은 어느정도 쾌활함을 되찾았습니다. 의사는 이따금 우리를 초대했는데, 그때마다 저녁 식사 분위기는 그다지 침울하지 않았습니다. 가르데유가 멀어지자, 르카뮈의 연정은 놀랍도록 깊어졌어요. 어느날 저녁식사가 끝나갈 즈음에, 그가 아주 정직하고 다정다감하게, 어린이처럼 천진스럽게 사랑을 고백하자, 그녀는 그에게 솔직히 말했는데, 그녀의 솔직함은 한없이 제 마음에 들었지만, 아마도 다른 사람들의 마음에 들지는 않았을 것입니다. '의사 선생님, 선생님에 대한 저의 존경은 갈수록 커져만 갑니다. 선생님은 제게 넘칠 만큼 많은 도움을 주셨고, 지금도 저를 도와주고 계

---

4 *Lettre sur les sourds et muets*(1751). 디드로의 실제 작품이다.

십니다. 만일 깊은 감사의 마음으로 가득하지 않다면, 저 역시 생티아생트가의 그 괴물만큼이나 악독한 여자겠죠. 선생님의 재치는 제 마음을 더없이 즐겁게 해주어요. 사랑을 고백하면서도 어찌나 섬세하고 우아하게 말씀하시는지 자꾸만 더 듣고 싶은 심정입니다. 저는 선생님과 만나지 못한다거나 선생님의 호의를 잃어버린다는 생각만으로도 불행해져요. 선한 사람이 있다면 선생님이야말로 그런 분이시죠. 선생님은 비할 데 없이 어질고 성품도 온화하세요. 어떤 여자도 더 나은 남자의 품에 안길 수 없으리라고 생각합니다. 저는 아침부터 저녁까지 선생님께 다정해져야지 하고 마음을 타이릅니다만, 행실이 올바르지 않은 사람은 아무리 훈계해도 소용없습니다. 저는 한발짝도 더 나아가지 못하고 있어요. 그동안 선생님은 고통을 겪고, 선생님이 괴로워하시는 모습에 저는 마음속으로 혹독한 아픔을 느낍니다. 선생님이 간곡히 구하는 행복에 선생님보다 더 어울리는 사람은 제가 알기로 하나도 없고, 그래서 저는 선생님을 행복하게 해드리기 위해서라면 감행하지 못할 일이 없습니다. 예외 없이 어떤 일이든 할 수 있어요. 저를 보세요, 선생님, 저는…… 그래요, 저는 함께 잘 수 있어요. 그 것까지 포함해서요. 저하고 자고 싶으세요? 말씀만 하시면 돼요. 선생님을 위해 제가 할 수 있는 일이라고는 이것뿐이에요. 그런데 선생님은 저에게서 사랑받기를 바라시고, 저는 이제 사랑할 여력이 없으니 어쩌죠?' 의사는 그녀의 말에 귀를 기울였고, 그녀의 손을 잡고는 거기에 입을 맞추었으며, 그녀의 손을 눈물로 적셨습니다. 저는 웃어야 할지 울어야 할지 난감했습니다. 라 쇼 양은 의사를 잘 알고 있었어요. 이튿날 제가 그녀에게 '그런데, 아가씨, 만약 의사가 당신의 말을 곧이곧대로 받아들였다면?' 하고 묻자, 그녀는 이렇게 대답했습니다. '저는 약속을 지켰을 거예요. 하지만 그런 일은 일어날 리 없었어요. 저의 제안은 그분 같은 남자가 얼씨구나 하고 받아들일 성질의 것이 아니었습니다.' '왜죠? 의사의 입장이었다면 나는 나중 일이야 어찌 되건 받아들였을 겁니다.' '그러실 테죠. 하지

만 제가 의사 선생님의 입장이었다면 라 쇼 양이 그런 제안을 하지 않기를 바랐을 거예요.'

흄의 번역으로 그녀가 큰돈을 벌지는 못했습니다. 네덜란드인들은 자기 돈이 들지 않는 한 사람들이 원하는 대로 출판해주잖아요."

"우리 프랑스인들에게는 다행이오. 우리나라에서는 정신에 족쇄를 씌우니, 일단 그들이 저자들에게 돈을 지불하려고만 하면, 출판업 전체가 그들 나라로 옮겨갈 테니 말이오."

"우리는 그녀에게 더 많은 명성과 이익을 가져다줄 흥미 위주의 책을 내보라고 권했습니다. 그녀는 네다섯달 동안 작업에 몰두한 끝에, '세 애첩'이라는 제목의 길지 않은 역사소설을 제게 가져왔습니다. 문체가 경쾌하고 묘사가 섬세한데다 흥미로운 작품이었어요. 그런데 그녀는 어떤 악의도 없었으므로 짐작하지 못했지만, 왕의 정부 퐁파두르 후작부인에게나 들어맞을 수많은 독설이 여기저기 흩어져 있었습니다. 그래서 저는 그녀에게 숨기지 않고 말했죠. 아무리 힘들게 작업했어도, 그런 대목들을 누그러뜨리거나 없애지 않고 출판하면 평판이 나빠질 것이고, 만족스러운 것을 망치는 괴로움을 당하고도 다른 괴로움으로부터 보호받지도 못할 것이라고 말입니다.

그녀는 저의 충고가 전혀 틀리지 않는다는 것을 직감했고, 그래서 더욱 상심했습니다. 착한 의사는 그녀에게 필요한 모든 것을 미리 알아서 챙겨주었지만, 그녀는 그가 바라지 않는 만큼 그에게 감사를 표하기도 어쭙잖은 일이라고 느꼈기 때문에, 그의 친절을 받아들이는 데 그만큼 더 신중했습니다. 게다가 당시에 르카뮈 박사는 부유하지 않았고, 앞으로도 그다지 부자가 될 사람이 아니었습니다. 때때로 그녀는 서류가방에서 원고를 꺼내 서글픈 목소리로 제게 말하곤 했습니다. '아이참! 이걸 어떻게 할 방법이 없을까요? 이대로 썩혀야 하나요?' 저는 그녀에게 별난 조언을 하나 했습니다. 그것은 퐁파두르 부인에게 작품을 있는 그대로, 완화하지도 고치지도 않고, 사정을 알려줄 짤막한 편지와 함께 보내자는 것이었습니다. 이 착상은 그녀의 마음에 들었습니다. 그녀는 어느 모로 보나 매력적인 편지를 설득력 있는 어조로 작성했습니다. 하지만 두세달 동안 아무런 말도 들려오지 않았고, 그녀는 괜한 시도를 했다고 생각하고 있었는데, 바로 그때 생루이 수도회의 회원 한 사람이 후작부인의 답장을 들고 찾아왔습니다. 답장에서 후작부인은 당연하게도 작품에 찬탄했고, 그녀의 희생에 대해 감사를 표했으며, 자신에게 들어맞는 점들이 있다고 인정했을뿐더러, 그렇다고 해서 감정이 상하지는 않았다고, 그러니 저자를 베르사유로 초대한다고 말했는데, 만일 저자가 베르사유로 오면 힘닿는 대로 도와줄 의향이 있다는 것이었습니다. 심부름꾼은 라 쇼 양의 집을 나서면서, 50루이 꾸러미를 벽난로 위에 슬쩍 놓아두었더군요.

의사와 저는 퐁파두르 부인의 호의를 받아들이라고 그녀를 다그쳤습니다만, 겸손함과 소심함이 재능에 못지않은 처녀를 상대로 한 말이니, 그게 어디 쉬웠겠습니까. 이런 누더기를 걸치고 어떻게 거길 가죠? 의사는 곧장 이 문제를 해결해주었습니다. 그러나 의상 문제에 뒤이어 그녀는 다른 핑계를 댔고, 그런 다음에 또다른 핑곗거리를 내세웠습니다. 베르사유 여행은 하루하루 연기되다가, 급기야는 실행이 바람직하지 않게 되어버렸습니다. 우리가 이 건에 관해 그녀에게 말하지 않은 지도 꽤 오래되었을 때, 지난번의 그 심부름꾼이 몹시 호의적이긴 하나 비난의 낌새가 엿보이는 두번째 편지를 갖고 다시 와서는, 처음과 똑같은 액수의 하사금을 또다시 슬그머니 놓아두고 갔습니다. 퐁파두르 부인의 이러한 후의는 금시초문이었죠. 이것에 관해 저는 후작부인의 은밀한 후의를 전달하는 심복 콜랭 씨에게 말해보았습니다만, 그도 자세한 사정은 모르고 있었고, 그래서 저는 후작부인이 이것만 무덤까지 가져간 것은 아니로구나 하는 생각이 절로 들었습니다.

이처럼 라 쇼 양은 곤궁에서 벗어날 기회를 두번이나 놓쳤습니다.

그뒤 그녀는 변두리로 이사를 갔고, 제 시야에서 완전히 사라졌습니다. 제가 그녀의 여생에 관해

알게 된 것은 번민과 쇠약과 빈곤의 연속이었다는
것뿐이었습니다. 그녀의 가족은 완강하게도 그녀
에게 문을 열어주지 않았지요. 그녀는 자신을 그토
록 심하게 박해한 그 고결한 인사들에게 중재를 부
탁했지만 허사였습니다."

"세상사가 다 그렇죠."

"의사는 결코 그녀를 버리지 않았습니다. 그녀
는 어느 다락방의 밀짚 침대에서 숨을 거두었고,
반면에 생티아생트가의 잔인한 녀석, 그녀가 유일
하게 사랑한 남자는 몽펠리에라든가 툴루즈에서
의사노릇을 했고, 지극히 여유로운 생활 속에서 교
활한 사람에게는 합당하지만 신사로서는 부당한
명성을 누렸습니다."

"세상사는 거의 그렇게 되어 있소. 선량하고 성
실한 타니에 같은 남자가 있으면, 신은 그런 남자
를 레메르 같은 여자에게 보내오. 착하고 정숙한
라 쇼 같은 여자가 있으면, 그런 여자는 가르데유
같은 남자의 몫이 될 것이오. 그래야 모든 것이 아
주 훌륭하게 풀려나가지 않겠소."

어떤 사람들은 아마 나에게 단 하나의 행동만으로 한 사람의 성격에 관해 결정적인 판단을 내리는 것은 성급한 처사라고, 그토록 엄격한 잣대를 들이대면 선한 사람의 수는 기독교 신자의 복음서에 따라 하늘나라에 들어가게끔 선택된 사람들보다 더 적을 것이라고, 바람둥이처럼 구는데다 심지어 여자들을 그다지 숭배하지 않는다고 뽐내더라도 명예와 정직성의 손상을 입지 않을 수 있다고, 불붙는 연정을 억제하는 것도 꺼져버린 연정을 연장하는 것도 마음대로 되지 않는다고, 망나니들을 무한히 증가시킬 가상의 범죄들을 생각해내지 않더라도 가정과 거리에는 이미 망나니라는 말을 들어 마땅한 사람이 상당히 많다고 말할 것이다. 또 어떤 사람들은 나에게 아무런 이유 없이 여자를 배반한 적도 속인 적도 버린 적도 없는지 물을 것이다. 내가 이런 물음에 대답하려 해도, 분명히 내 대답에는 대꾸가 따라붙을 것이고, 논쟁은 최후의 심판에서야 비로소 끝날 것이다. 그러나 가슴에 손을 얹고 말해보라, 사기꾼과 부정不貞한 사람의 옹

호자 양반아, 툴루즈의 의사를 친구로 삼을 것인
지. 대답이 궁한가? 상황이 바뀔 여지는 전혀 없다.
그러니 나는 당신이 간절히 경의를 표하고 싶어할
모든 여자를 제발 보호해달라고 하느님께 기도하
겠다.